la courte échelle

SO-CXX-505

Les éditions la courte échelle inc.
Montréal • Toronto • Paris

# Chrystine Brouillet

Née le 15 février 1958 à Québec, Chrystine Brouillet a publié un premier roman policier en 1982: *Chère voisine* (Quinze éditeur) lui a valu le prix Robert Cliche. Ce premier livre a aussi été édité par Québec-Loisirs, France-Loisirs et traduit en anglais par General Publishing. L'année suivante, un deuxième livre paraissait, *Coups de foudre* (Quinze éditeur).

Par la suite, Chrystine Brouillet a écrit plusieurs textes pour Radio-Canada et quelques nouvelles dans des revues. En 1987, elle publie un roman policier, *Le poison dans l'eau* dans la collection «Sueurs froides» chez Denoël-Lacombe. *La montagne Noire* est son troisième roman à la courte échelle. Les deux premiers, *Le complot* et *Le caméléon*, connaissent beaucoup de succès.

Elle rêve de cinéma et de bandes dessinées mais aussi d'enfants qui posent des questions dans le genre de celle-ci: Pourquoi dit-on des couvertures de livres? Les livres, ça ne dort pas...


# Philippe Brochard

Philippe Brochard est né à Montréal en 1957. Il a fait ses études en graphisme au Cegep Ahuntsic. Depuis, à titre de graphiste et d'illustrateur, il a collaboré entre autres aux magazines *Croc*, *Le temps fou* et *Châtelaine*.

Mais c'est surtout la revue de bandes dessinées *Titanic* qui nous l'a révélé comme illustrateur. En janvier 1985, il a participé au XIIe Salon international de la bande dessinée à Angoulême, en France.

À la courte échelle, il a déjà illustré *Le complot* et *Le caméléon* de Chrystine Brouillet.

Les éditions la courte échelle inc.
5243, boul. Saint-Laurent
Montréal (Québec) H2T 1S4

Conception graphique:
Derome design inc.

Révision des textes:
Odette Lord

Dépôt légal, 3e trimestre 1988
Bibliothèque nationale du Québec

**Données de catalogage avant publication (Canada)**

Brouillet, Chrystine

La montagne Noire

(Roman-jeunesse ; 14)
Pour les jeunes.

ISBN 2-89021-080-4

I. Brochard, Philippe, 1957-    II. Titre.  III. Collection.

PS8553.R68M66 1988       jC843'.54        C88-096239-9
PS9553.R68M66 1988
PZ23.B76Mo 1988

# Chrystine Brouillet

# LA MONTAGNE NOIRE

Illustrations
de Philippe Brochard

# Chapitre I

Ouf! Je ne sais pas ce que j'aurais fait si les parents de Stéphanie avaient refusé qu'elle vienne avec nous en vacances. Mon père a loué un chalet dans un coin perdu au bord d'un lac car il aime la tranquillité, la pêche et la cueillette des champignons. Moi, je préfère les manger. Si Stéphanie ne nous avait pas accompagnés, je me serais vraiment ennuyée...

Stéphanie, c'est ma meilleure amie; à l'école cette année, on avait seulement trois cours ensemble mais on se retrouvait durant les pauses et on se téléphonait chaque soir.

Papa se demande ce que je peux bien avoir à raconter à Stéphanie. Mais tout! Tout! J'adore mon père mais ce n'est pas à lui que je vais confier mes histoires d'amour. Je suis certaine que Pierre Trépanier voudrait sortir avec moi.

Stéphanie, elle, s'est presque consolée de son amour déçu; elle aimait monsieur Pépin, notre prof d'histoire. Je lui disais qu'il était un peu trop vieux pour elle mais elle a mis pas mal de temps avant d'admettre que j'avais raison. Ensuite, Stephy a rencontré un photographe: Olivier Dubois. C'est un peu pour le revoir qu'elle a accepté de m'accompagner au chalet. Dès qu'elle m'a entendue parler des Grands Pieds, Stéphanie s'est enthousiasmée.

— Catherine! J'ai un plan: on va faire un reportage sur ces Grands Pieds!

— Un reportage?

— Oui! Si on découvre qu'il existe des Grands Pieds dans la région où vous passez les vacances, on va être célèbres! On racontera notre chasse aux monstres dans les journaux et il y aura des photographes et…

— Olivier Dubois, c'est ça? Tu as vraiment oublié monsieur Pépin! C'est aussi bien…

— Ce n'est pas la question, Cat, ce n'est pas la même chose…

«Pas la même chose», c'est l'argument de Stéphanie Poulain quand elle ne sait pas quoi répondre. Ou bien elle me dit que je comprendrai quand j'aurai son âge... On a seulement six mois et deux jours de différence! Mais je n'ai pas contrarié Stéphanie car je voulais absolument qu'elle vienne avec moi au chalet. Et son idée d'enquêter sur les Grands Pieds m'emballait! Cependant, je me demandais bien comment nous allions

procéder. Inutile de compter sur papa, il ne croyait pas à l'existence des Grands Pieds.

J'avais très peu d'information sur ces bêtes étranges. Je savais juste que les Grands Pieds sont une sorte de singe préhistorique. Ils ont une fourrure très épaisse — pour les protéger du froid, probablement. Il paraît qu'ils mesurent près de deux mètres et pèsent trois cent cinquante kilos! Des gorilles géants! Ils vivent aux États-Unis mais certains témoins prétendent en avoir vu dans le nord du Québec et à la frontière américaine.

— C'est une fable, m'a dit papa quand je lui ai parlé des Grands Pieds pour la première fois.

— Non! Non! On a relevé des empreintes énormes, au sud-ouest de l'État de Washington!

— Ce sont sûrement de fausses empreintes, faites par un farceur... Il n'y a aucune preuve scientifique de l'existence de ces primates. Que des suppositions! C'est comme pour le monstre du Loch Ness!

— Rien ne prouve qu'il n'est pas

vivant, lui aussi! ai-je rétorqué. Mais je savais bien que sans constatations sérieuses et inattaquables, mon père continuerait à douter de l'existence des Grands Pieds.

Avant qu'on parte pour le chalet, Stephy m'a redemandé si je croyais vraiment que les Grands Pieds pouvaient vivre au Québec ou si on allait enquêter pour rien.

— Tu n'as plus confiance? Je te répète que j'avais déjà entendu parler de ces monstres avant de lire cet article sur les Grands Pieds dans un journal français. L'été dernier, le vieux Jack qui vivait retiré dans une cabane en pleine forêt m'a raconté qu'il avait vu une sorte de primate géant dans les parages. «Un yeti, ma petite fille», m'a-t-il dit.

— Il faudra lui en reparler dès qu'on arrivera au chalet!

— Impossible, Stéphanie. Jack est mort cet hiver... C'est Jean-Marc, l'ami de papa qui habite le village le plus près de notre chalet, qui nous a annoncé son décès en janvier. Il était triste. Moi aussi. Tout le monde appréciait le vieux Jack; il connaissait parfaitement tous les sentiers de la forêt. Pourtant, elle est très grande et s'étend en s'élevant dans la montagne.

Jack a appris à Jean-Marc, quand il était petit, à distinguer les bons champignons des mauvais. À son tour, Jean-Marc a initié papa à la mycologie quand nous avons acheté le chalet, il y a trois ans. Jean-Marc s'intéresse également à l'observation des oiseaux. Il est très fort! Il peut identifier un oiseau à son chant! Moi, il faut que je le voie, et de près! Je me promène toujours avec mes jumelles autour du cou, comme papa, mais je ne les utilise jamais assez rapidement. L'oiseau s'envole avant que je n'aie le temps de le repérer: c'est superfrustrant!

Quand nous sommes arrivés au chalet, il y avait un soleil magnifique qui illuminait tout le lac et papa a décidé d'aller pêcher aussitôt.

— Je vous promets des truites pour souper!

C'est ce qu'il me dit chaque été mais je ne crois pas qu'il en pêche autant qu'il en rapporte; il doit en acheter à monsieur Plouffe, le garde-chasse.

— Comment peux-tu croire ça? s'est indignée Stéphanie qui adore mon père. Elle prend toujours sa défense.

— Quand je vais pêcher avec papa, il n'attrape pas le moindre poisson. Quand il y va seul, il revient avec trois, quatre, cinq truites… Curieux, non?

— Non, ça ne veut rien dire du tout! Ça doit être toi qui fais fuir le poisson, a dit Stephy en riant.

— Bof!… Je m'en fiche; l'important, c'est qu'on les mange, ces truites arcs-en-ciel. Mon père a donc mis son affreux chapeau où il a piqué des dizaines de mouches multicolores et il est parti en sifflotant.

Stéphanie et moi, on a rangé notre chambre. On a compté sept toiles d'araignées… Je n'aime pas trop ça; on les a vite balayées! Ensuite, on a accroché nos vêtements dans la garde-robe. Puis on a collé la photo de Jim Battes sur la porte. Jim Battes, c'est le chanteur du groupe Emotion. On est allées le voir sur scène, Stephy et moi. Il nous a donné son autographe et nous a dit qu'on était mignonnes! Wow! J'espère qu'il reviendra l'an prochain en tournée. Mais cette fois, mon père ne nous accompagnera pas au spectacle. Il déteste le rock.

— C'est trop bruyant! Et discordant! Comment peux-tu supporter?

Et lui? Il écoute de l'opéra! Je suis certaine qu'il ne comprend même pas ce qu'on chante. Mais toutes les fins de semaine, je dois supporter les cris de *Norma* ou de *Manon*! C'est l'avantage du chalet: il n'y a pas de chaîne stéréo. Alors pas d'opéra! Mon père veut vivre «loin de la civilisation». On n'a pas de téléphone non plus. Si on doit appeler, on va au village, à six kilomètres du chalet. Heureusement que Stephy a pu venir avec moi car je n'ai pas la patience d'écrire des lettres!

— On écoute Emotion? a proposé Stéphanie en sortant son magnétophone de sa valise. C'était un secret entre elle et moi; j'avais bien juré à papa de laisser mon appareil à la maison mais Stéphanie n'avait rien promis. On faisait jouer nos cassettes quand papa était absent. On avait bien deux bonnes heures devant nous avant que papa ne pêche ses fameuses truites!

On a revêtu nos maillots de bain et on s'est installées sur la galerie. Il faisait très chaud, presque trop: je ne suis pas capable de rester allongée à bronzer; je brûle et ça m'ennuie. Aussi, quand papa est enfin revenu, j'avais très envie de me baigner pour me rafraîchir.

L'eau était glacée et me coupait le souffle! Stephy s'est trempée jusqu'à la taille en poussant des petits cris. Moi, je me suis mouillée en entier, sauf la tête. Mais vite! Très vite! Papa riait jusqu'à ce qu'on l'arrose; il a vu comme l'eau était froide! On s'est rhabillées rapidement pendant que papa installait ses grilles sur le foyer de pierres pour y cuire ses poissons.

— Jean-Marc va venir souper avec nous, a dit papa. Je l'ai croisé de l'autre côté du lac. Il a une grande nouvelle à nous annoncer!

— Quoi? Une nouvelle?

— J'ai promis de me taire, a fait papa avec un drôle de sourire.

Pour le repas, Stéphanie a préparé une salade de concombres et j'ai râpé des carottes, le légume préféré de mon père.

Pour dessert, on a décidé de faire fondre des guimauves au-dessus des braises.

Jean-Marc a changé: il a coupé sa barbe et ses moustaches, il a l'air plus jeune. Mais surtout, ses yeux pétillent joyeusement derrière ses grosses lunettes. Il nous a vite appris pourquoi il était si heureux.

— Je suis en amour, mes amis! En amour!

— En amour? me suis-je étonnée. J'avais toujours pensé que Jean-Marc ne se passionnait que pour la nature, les oiseaux et les champignons.

— Eh oui! J'ai rencontré Solange à une manifestation écologique et… on ne s'est plus quittés. Vous allez l'aimer, elle est belle, douce, intelligente, gentille, merveilleu…

— On a compris, Jean-Marc, a dit papa en se moquant gentiment de son ami.

— Vous allez vous marier? a demandé Stéphanie qui adore les mariages romantiques avec de grandes robes blanches en dentelle. (Moi, j'aurais peur de m'enfarger en marchant!)

— Je ne sais pas, a dit Jean-Marc,

en haussant les épaules. Ce n'est pas urgent… Et puis nous ne sommes pas les seuls à décider. Il faut compter avec Barthélemy.

— Barthélemy?

— C'est le fils de Solange. Il a le même âge que toi, Catherine. Il est très sympathique. C'est un sportif… enfin… avant que… peut-être que…

Jean-Marc s'est mordu la lèvre sans finir sa phrase, subitement inquiet, abattu.

— Tu ne t'entends pas bien avec lui? a dit papa. Ça arrive parfois. Mais vous allez probablement vous habituer l'un à l'autre et…

— Non, ce n'est pas le problème. Pourtant, c'est aussi grave. Et j'espère que vous pourrez m'aider.

— T'aider à quoi?

— Au printemps, Barthélemy a eu un accident; il roulait à bicyclette quand un chauffard l'a heurté avec son automobile. Il a rebondi et s'est fracturé le crâne. Il a été très longtemps inconscient. À son réveil, on a constaté qu'il ne voyait plus. Il a subi plusieurs opérations qui semblent avoir réussi mais on ne le saura

vraiment que dans quelques semaines…
Il faut que le temps fasse son oeuvre. Et
que Bart reste tranquille durant sa conva-
lescence.

— Pauvre lui! a dit Stephy en même
temps que moi.

— Il ne voit pas du tout? a demandé

papa.

— Oui, mais si peu; il distingue le jour de la nuit. Tout devrait se préciser lentement. Pour l'instant, il a besoin de sa canne. Et il s'ennuie. Solange s'en occupe énormément. Et ils ont emmené avec eux Nathalie, la cousine de Bart. Mais elle est plus vieille que Bart et elle part souvent en expédition; elle fait de l'alpinisme.

— On ira jouer avec Bart, ai-je dit. On trouvera bien quelque chose à…

— Vous pourrez nager dans la piscine.

— Quelle piscine?

— Solange a loué la villa des Hirondelles pour l'été…

La villa des Hirondelles! Génial! J'ai toujours voulu la visiter mais les gens qui la louaient les années précédentes n'étaient pas du tout sociables. Ils détestaient les enfants, ils les trouvaient trop bruyants. Ils ne nous ont jamais invités à prendre un jus de fruits ou un café, papa et moi.

— Il y a une piscine et un terrain de tennis, continuait Jean-Marc, vous verrez ça demain en hélicoptère.

20

— En hélicoptère? s'est exclamée Stéphanie.

— C'est la tradition: chaque été, Jean-Marc nous fait survoler la région, lui a expliqué papa. Dis donc, ma Catherinette, on ne devait pas faire fondre des guimauves?

J'avais complètement oublié le dessert: c'est dire comme Jean-Marc m'avait distraite! Je suis allée chercher le sac de guimauves. J'en ai mangé sept, Stéphanie deux. Elle était trop énervée à l'idée de voler en hélicoptère pour en avaler davantage.

Nous étions très bien ensemble à bavarder gentiment autour du feu de bois. Heureusement pour moi, les flammes éloignent toujours les maringouins. Sinon, ils m'auraient dévorée: je dois avoir un sang d'excellente qualité.

Durant la nuit, j'ai rêvé à Barthélemy, il avait les cheveux bouclés. À huit heures, Stéphanie et moi étions prêtes à partir et nous avons fait du café pour réveiller papa. Il devait nous conduire au bureau de Jean-Marc, au village.

— Vous êtes bien pressées, s'est moqué papa. Tu ne te lèves pas si vite pour aller à l'école, Cat…

Évidemment! Entre un cours de français et un tour d'hélicoptère, que préférez-vous? Moi, j'adore le ciel, les astres, les nuages, les planètes, la voie lactée. Ça me passionne. Je vais être astronaute. Papa va m'offrir un télescope pour mon anniversaire à la fin de l'été.

Ça devait être une surprise mais comme il a dû glisser mon cadeau dans le coffre de l'automobile, c'était inutile d'essayer de me le cacher, c'est beaucoup trop gros. Pour une fois, j'étais ravie de célébrer mon anniversaire au chalet; il y a plus d'étoiles qu'à la ville. Quand il fait très chaud, des étoiles filantes fusent de partout. Il faut faire un voeu.

— C'est de la superstition, a grogné Stéphanie. L'an dernier, j'ai vu une étoile filante et j'ai souhaité que monsieur Pépin m'aime. Tu sais aussi bien que moi que ça n'a pas marché…

# Chapitre II

L'hélicoptère faisait un bruit d'enfer mais je dois m'habituer à ce vacarme: quand je conduirai une fusée, j'entendrai bien pire au décollage! J'ai laissé Stéphanie monter devant parce que c'est mon amie. Elle était décoiffée à cause du vent soufflé par les pales de l'hélice. Moi aussi. On a attaché nos ceintures, puis Jean-Marc a poussé des boutons, actionné des manettes et on s'est élevés. Très vite, la terre s'est éloignée: les arbres, les maisons du village, les rues, les champs et les automobiles rapetissaient à vue d'oeil. Ça ressemblait à une maquette d'architecte. On a reconnu le lac, la rivière des Cygnes — où je n'ai jamais vu un seul cygne! —, la montagne Noire et notre chalet. Puis la villa des Hirondelles avec la piscine et le terrain de tennis. On a survolé la région pendant une heure: Jean-Marc nous a montré des rochers très escarpés près des arbres où les rapaces construisent leurs nids.

— «Aire», c'est le nom de leur nid.

Il nous a expliqué comment les aigles bâtissent leurs aires avant d'y pondre des oeufs.

— Très peu d'oeufs, comparé aux canards. C'est pourquoi il faut les protéger; ce sont des oiseaux en voie de disparition!

Quand Jean-Marc se met à parler d'ornithologie, rien ne peut plus l'arrêter; c'est sa passion! À son bureau, après être descendues de l'hélicoptère, on a joué avec un mainate apprivoisé. Il imite plusieurs chants d'oiseaux et le rire de Jean-Marc. On ne sait jamais si c'est l'ami de papa ou Champlain qui rigole.

— Champlain! Drôle de nom pour un oiseau, a dit Stephy en caressant les plumes noires du mainate.

— Il appartenait à Jack-le-Trappeur. J'espère que Champlain s'amusera avec Barthélemy; je l'emmène à la villa.

Avant de quitter le village, nous avons acheté des graines pour Champlain et du champagne. Puis nous sommes allés chercher le gâteau au chocolat qu'avait

fait madame Plouffe, la femme du garde-chasse: c'est la meilleure pâtissière de toute la province!

Quand nous sommes arrivés à la villa des Hirondelles, nous avons entendu des aboiements. Jean-Marc avait oublié de nous dire que Barthélemy avait un chien; un gros berger allemand s'est élancé vers nous, mais il a cessé de japper dès que

Jean-Marc est sorti de l'auto. Il lui a léché les mains car il le connaissait bien.

Solange, Bart et Nathalie nous attendaient devant la maison. Bart avait les cheveux bouclés comme dans mon rêve et il portait des lunettes de soleil violettes. Dès qu'il a fait mine de s'avancer dans notre direction, le chien s'est approché de lui pour le prévenir des obstacles.

Jean-Marc a fait les présentations. Solange est très belle avec ses grands yeux verts et elle est également très gentille; elle nous a dit que nous pouvions venir chez elle aussi souvent que nous en avions envie. Nathalie était en train de lacer des bottines à crampons.

— C'est une mordue de l'alpinisme, nous a expliqué Jean-Marc. La plus célèbre grimpeuse de la région: les journaux ont même parlé d'elle!

Nathalie nous a souri en rougissant.

— Tu n'as pas peur de monter si haut? a demandé Stéphanie.

— Oh non! J'adore ça!

— Comment s'appelle ton chien, Bart?

— Max.

— Il a l'air gentil, a dit Stéphanie. Il est très beau. J'ai déjà eu un chien: Dagobert. Il mangeait des cornichons.

— Max, lui, aime les olives, a dit Bart.

— Comme ma chatte Mistigri! ai-je dit en montant la première marche du perron. Je ne savais pas si je devais indiquer ou non les marches à Barthélemy. Sa mère se taisait; elle savait que Max avertirait son fils.

En effet, le chien s'est arrêté pile devant le perron. Bart a tâtonné les marches avec sa canne, puis il les a gravies. Il est entré dans la maison, précédé de Max qui lui signifiait la présence d'une chaise, d'une table ou d'un fauteuil.

Pour fêter notre arrivée et notre rencontre avec Bart, Solange et Nathalie, papa a ouvert la bouteille de champagne. On a entendu un gros pof! quand il a fait sauter le bouchon. Max l'a retrouvé derrière les rideaux de la salle de séjour.

Exceptionnellement, on a eu droit à deux gouttes de champagne. Ça pétille comme du ginger ale mais c'est moins sucré; je ne suis pas sûre d'aimer ça mais je ne l'ai pas avoué à papa. Il aurait ri en disant: «Plus tard, quand tu seras grande, tu apprécieras...» Le bruit du bouchon a effrayé Champlain que Jean-Marc tenait à la main pour le présenter à Bart. Il s'est envolé par une fenêtre.

— Il est perdu! a dit Solange, désolée. Qu'est-ce qu'on...

— Ne t'inquiète pas, chérie, il va revenir. Il est trop gourmand, a dit Jean-Marc en mettant une poignée de cerises dans la main de Bart. Reste sur le pas de la porte en agitant un peu la main. Dès que Champlain va repérer les fruits, il va foncer comme un kamikaze!

Bart a hésité un peu, puis il a obéi aux directives de Jean-Marc. On l'a suivi. Max le devançait, comme toujours, mais j'ai eu peur quand même que Bart déboule les marches du perron.

— Eh! Le voilà! a crié Stéphanie. Dans l'érable!

Deux secondes plus tard, Champlain croquait une cerise. On s'est assis sur le bord de la galerie. Bart flattait le dos du mainate qui semblait apprécier autant les caresses que les cerises. Il n'a laissé que les noyaux.

Max le regardait avec étonnement et

quand Champlain s'est mis à rire en imi-
tant Jean-Marc, il a gémi, nous interro-
geant du regard: «Quelle est donc cette
curieuse bestiole?» semblait-il nous dire.
Champlain a ensuite gazouillé, puis
grasseyé «bonjourrrrr» trois fois en
sautant sur l'épaule de Barthélemy qui
est rentré très fier pour le montrer à sa

31

mère. Solange et lui se ressemblent beaucoup: mêmes cheveux, mêmes joues rondes, même front.

Nathalie, elle, a les cheveux roux et les yeux gris clair. Elle a des taches de rousseur et les dents les plus droites que j'ai jamais vues! La chanceuse! Moi, j'ai été obligée de porter des broches, l'an dernier.

Même si elle a dix-neuf ans, Nathalie a préféré parler avec nous plutôt que d'aller avec les adultes. On a discuté musique: Bart et sa cousine aiment aussi le groupe Emotion. Bart a eu le dernier microsillon en cadeau; il nous a promis de nous le faire écouter quand Jean-Marc et Solange seraient sortis.

— Ils ne supportent pas le rock!

Tous les parents se ressemblent!

On a mangé le gâteau au chocolat et Champlain a picoré les miettes dans toutes les assiettes. Nathalie regardait sa montre si souvent que j'ai fini par lui demander ce qu'elle attendait. Elle a rougi encore, puis elle a murmuré «Hans»…

Bart nous a expliqué que Hans était le copain de sa cousine Nathalie depuis un mois.

— Hans? C'est un nom étranger, a fait remarquer Stéphanie.

— Oui, Hans est allemand. Mais il vit au Québec depuis quatre mois.

— Comment l'as-tu rencontré? a demandé Stéphanie qui adore les histoires d'amour très romantiques.

— Grâce à l'alpinisme! Je revenais d'une expédition dans la montagne car je devais photographier, si j'en repérais, des nids de rapaces. Jean-Marc doit les étudier.

— Pourquoi?

— Les aigles et les faucons ont des comportements étranges depuis quelque temps. Peut-être qu'en voyant leurs nids on aura des éclaircissements; ils ont pu être détruits. Si oui, par qui? Par d'autres oiseaux, des cataclysmes naturels? Sinon, où vont nos rapaces? Ils désertent de plus en plus la région… Je suis revenue bredouille et pourtant j'étais montée très haut.

Alors que j'atteignais le pied de la montagne, j'ai entendu des cris de détresse. J'ai couru à travers les bois pour trouver un homme étendu qui geignait. C'était Hans. Il avait perdu connaissance.

Il était tombé face contre terre.

Après l'avoir examiné, je l'ai retourné, très lentement, pour qu'il respire. Il n'avait pas de plaie visible. J'ai attendu qu'il se réveille. Quand il a ouvert les yeux, c'étaient... les... les plus beaux yeux du monde.

— Tant que ça? a chuchoté Stéphanie, rêveuse.

— Tu vas comprendre quand tu le rencontreras...

— Et ensuite?

— Il s'est frotté la tête et m'a demandé ce qui s'était passé: «Qu'est-ce que je fais ici?», m'a dit Hans.

— Mais je ne sais pas. Je vous ai trouvé étendu, évanoui.

— Je ne me souviens plus... Ah si!... j'ai vu une ombre. Une ombre très haute... Puis j'ai reçu un coup. Là, à la nuque, a dit Hans en se massant le cou.

— Qui peut vous avoir frappé?

— Je ne sais pas... Où sommes-nous? Je me suis perdu dans la forêt. Nous sommes loin du village?

— Non, je vais vous ramener, si vous voulez. Êtes-vous capable de marcher?

Hans s'est levé avec difficulté puis il

s'est appuyé sur mon bras. J'ai senti ses cheveux sur ma joue quand je l'ai aidé à se redresser...

— Je m'appelle Hans Morf, m'a-t-il chuchoté.

— Moi, c'est Nathalie Rouleau. J'habite près du lac, à la villa des Hirondelles.

Hans demeurait au village. Il venait d'arriver et il resterait tout l'été dans la région.

— C'est bizarre qu'un homme qui vient d'Europe choisisse un coin perdu comme notre village pour s'installer tout l'été. Il y a des tas d'endroits à visiter au Québec...

— Ce n'est pas un hasard, Cat, m'a dit Nathalie. Hans s'intéresse aux champignons. Il est photographe et réalise une série de natures mortes pour un peintre qui travaille d'après des photos et qui doit dessiner des timbres représentant le Québec. Comme il y a beaucoup de champignons par ici, Hans est venu.

— Papa va sûrement l'aider! ai-je dit. Il adore cueillir les champignons!

— Vous vous voyez souvent, Hans et toi? a demandé Stéphanie.

— Oui, presque tous les jours. On a tellement de choses en commun… On s'est tout de suite compris. Il est beau, intelligent, fin…

Décidément, c'était la saison des amours: après Jean-Marc, Nathalie… Mais les nouvelles fréquentations de sa cousine ne semblaient pas plaire à Barthélemy. Évidemment, au lieu de rester avec lui, elle passait dorénavant son temps avec Hans.

J'avais hâte de le voir; Nathalie avait piqué ma curiosité. Était-il aussi beau qu'elle le disait? L'amour est aveugle: l'an dernier, Stéphanie affirmait que monsieur Pépin était le plus bel homme de l'univers. Il est pourtant assez ordinaire!

Mais Nathalie, elle, n'avait pas exagéré! Hans Morf avait des cheveux si pâles, si dorés qu'ils lui faisaient une auréole. Et ses yeux étaient bleus, très très clairs, comme ceux de Jim Battes, le chanteur d'Emotion. Il avait aussi la même démarche hypersouple. Il portait une veste de cuir noir. J'adore les vestes de cuir, mais mon père dit que je n'en aurai pas avant mes seize ans ou même plus tard! Je ne sais pas comment j'aurai la patience d'attendre tout ce temps!

Hans est venu vers nous, tendant ses bras ouverts à Nathalie qui s'est blottie contre lui. J'avoue que j'étais un peu envieuse; j'aimerais bien qu'un aussi beau gars s'intéresse à moi; ça clouerait le bec à Suzanne Morneau qui, à l'école, se vante sans arrêt de plaire à tous les hommes qu'elle rencontre. Je voudrais bien savoir qui elle voit, et quand, et où! C'est une menteuse! Stéphanie est d'accord avec moi. Elle aussi aurait bien

voulu attirer quelqu'un comme Hans. Et quand Nathalie est partie présenter Hans à papa, Stéphanie m'a chuchoté: «Tu ne trouves pas qu'il ressemble à Olivier Dubois?»

— Qui est Olivier Dubois? a demandé Bart qui semblait soulagé par le départ de Hans.

J'ai alors failli lui demander pourquoi il n'aimait pas Hans mais j'ai répondu à sa question: «Olivier Dubois, c'est le Prince Charmant de Stéphanie. Elle ne l'a vu qu'une fois et elle est persuadée qu'ils sont faits l'un pour l'autre... C'est pour lui qu'elle est venue ici avec moi.»

Même si Stéphanie me fusillait du regard car elle n'aime pas que je la taquine à propos d'Olivier, j'ai expliqué nos projets concernant les Grands Pieds à Barthélemy.

— C'est un peu compliqué, cette tactique de reportage, juste pour revoir un journaliste que tu ne connais même pas, a dit Bart avec un petit sourire.

— Tu as une meilleure idée, Barthélemy Rouleau? a grondé Stéphanie avec colère.

— Non, non, je vous aiderai si je le

peux. J'ai déjà entendu parler de ces Grands Pieds. Par Nathalie.

— Quoi? Nathalie?

— Qu'est-ce qui se passe? a dit celle-ci en revenant vers nous quand elle a entendu son nom.

— Bart nous a dit que tu connais les monstres, les Grands Pieds!

— Des monstres? Des Grands Pieds? Non, il ne faut pas exagérer; j'ai simplement rencontré, il y a trois semaines, des alpinistes qui croyaient avoir aperçu une bête étrange lors d'une expédition. Mais comme personne ne la décrivait de la même manière…

Ils avaient lu des légendes concernant les esprits de la forêt et ils se sont imaginé avoir vu un monstre. Pourtant, s'il y a un monstre dans notre forêt, ce serait plutôt le bandit qui a assommé Hans! Il a vraiment mis du temps à se remettre du coup qu'il avait reçu. Maintenant, il discute champignons avec ton père…

— Ça ne m'étonne pas, ai-je dit.

— C'est merveilleux! Jean-Marc aurait bien voulu aider Hans dans ses recherches, mais il ne peut pas quitter son travail facilement.

Jean-Marc est ingénieur forestier et il est aussi l'adjoint du maire. Le village est très calme l'hiver. Par contre l'été, il y a toujours des problèmes à régler avec les vacanciers: contrôler les permis de pêche pour aider monsieur Plouffe, prévenir les incendies de forêt, les accidents...

— Heureusement, il ne se passe jamais rien de très grave, a fait remarquer Nathalie. L'agression contre Hans était la première dans la région...

# Chapitre III

La première, mais pas la dernière!

On ne pouvait pas se douter qu'au moment où on parlait d'agression, il se commettait un attentat dans la montagne. Ce n'est que le lendemain qu'on l'a appris.

On dormait quand un bruit de moteur d'automobile nous a réveillés à sept heures et demie. On a entendu des pneus crisser et un claquement de portières: Jean-Marc est entré en courant dans la cuisine.

— Emmanuel! Emmanuel! a-t-il crié.

— Quoi? a dit papa en enfilant son chandail turquoise. Qu'est-ce qui se passe si tôt?

— On a découvert Vincent, un jeune guide, assommé dans la montagne, pendant que nous fêtions tous ensemble… On ne lui a rien volé et il n'y avait plus de traces près de lui qui nous auraient permis d'identifier son agresseur... Un orage a tout effacé! C'est très grave: Vincent est dans le coma!

— Il va mourir?

— On ne sait pas, a dit Jean-Marc, bouleversé. On va le transporter à Montréal en hélicoptère. Je ne comprends pas ce qui lui est arrivé... La contrée a toujours été calme, sûre. Et il y a eu cette agression contre Hans. Maintenant, c'est au tour de Vincent. Je voulais vous avertir...

— Prends un café avec nous...

— Non merci, Cat, je n'ai pas le temps. Je dois prévenir tous les vacanciers et les campeurs.

— Je viendrai te voir cet après-midi au bureau, a dit papa en raccompagnant Jean-Marc à sa voiture.

En buvant son café, papa nous a défendu d'aller nous promener loin du chalet sans lui.

— Il y a un rôdeur et je ne veux pas que vous le rencontriez! C'est bien compris?

— Tu es sûr que c'est un rôdeur? Pourquoi pas un Grand Pied?

— Ah non! Voilà que tu recommences avec ça! Ça n'existe pas, Cat!

Nous avons accompagné papa au village quand il est allé aider Jean-Marc. Je préfère toujours faire les courses avec mon père car il achète trop de carottes et pas assez de biscuits aux brisures de chocolat.

Tout le monde parlait de l'accident du guide mais personne n'a mentionné les Grands Pieds, ignorant leur existence. Tant mieux, on ne les découvrirait pas avant nous! Stéphanie et moi avons joué avec la marmotte apprivoisée de monsieur Plouffe. La marmotte aime les biscuits au chocolat autant que moi: elle en a mangé six! Elle est toujours très douce et ses moustaches tombantes lui donnent un drôle d'air. Je voulais la ramener au chalet mais papa a refusé.

— On a déjà assez de problèmes durant l'année avec ta chatte Mistigri, tu ne m'ennuieras pas avec cette bestiole pendant l'été, Cat!

— Mais on rendra la marmotte au garde-chasse quand on rentrera en ville.

— Et elle? Tu crois que ça plaira à cette marmotte que tu l'abandonnes?

J'ai bien vu que ce n'était pas la peine d'insister. Monsieur Plouffe m'a dit de venir la voir aussi souvent que je le voudrais. J'ai dû m'en contenter. Tant pis, j'en aurai une à moi quand je vivrai dans mon appartement. J'aurai aussi un renard et un perroquet. Et des tortues. Et un jour, j'aurai peut-être une piscine avec un dauphin!

Je rêvais à ma future ménagerie quand Stephy m'a pincé le bras. «Eh? Tu as vu?»

— Quoi?

— Hans! Il parle avec ton père, de l'autre côté de la rue. Il est vraiment beau, a dit Stephy avec un petit soupir de regret. Tiens, ton père nous fait signe.

— Hans vient manger avec nous, a dit papa. Il est célibataire ce soir: Nathalie est en expédition.

— Je vous rejoins chez vous pour l'apéritif, a dit Hans. Je suis enchanté de votre invitation.

Nous aussi!

Hans ne portait pas sa veste de cuir quand il est arrivé au chalet mais un chandail vert qui faisait ressortir la couleur de ses yeux. Il nous a parlé avec son merveilleux accent de Baden-Baden, en Allemagne, où il est né. Il avait apporté son appareil-photo afin que nous ayons des souvenirs de cette soirée ensemble.

J'ai tenu à ce que papa nous photographie à côté de Hans: quand Suzanne Morneau nous verrait avec lui, elle en pâlirait de jalousie! Elle arrêterait de nous vanter ses exploits de séductrice à la manque! Papa et Hans ont décidé d'aller aux champignons le lendemain.


— On a annoncé de la pluie, a dit Hans. J'espère que les météorologistes ne se trompent pas, cette fois!

Ouf! Les prévisions étaient justes: la nuit a été orageuse et, au matin, papa emmenait Hans photographier des amanites et des morilles. Nous sommes parties avec eux mais après deux heures, nous en avions assez et nos paniers étaient remplis. Comme Hans voulait continuer à chercher avec papa, nous les avons quittés pour rentrer, en jurant de passer par le grand sentier, là où il y a plusieurs chalets.

— Rendons-nous tout de suite chez Bart, m'a suggéré Stéphanie.

— On lui donnera des champignons!

Nous avons marché longtemps car il fallait faire le tour du lac pour accéder à la villa sans piquer à travers les bois. Nous n'osions pas désobéir à papa à cause du rôdeur ou des Grands Pieds: notre idée était de les découvrir, mais de loin; il ne fallait pas qu'à l'inverse, eux nous découvrent. Je ne sais pas ce qu'on aurait fait si on s'était trouvées nez à nez avec les monstres!

Hans avait dit qu'il avait eu l'impression d'être suivi avant d'être assommé: «J'aurais dû me méfier, pourtant je n'ai pas prêté attention, croyant que c'était une perdrix ou un renard quand j'entendais des craquements. Je n'ai rien vu. Et puis, c'est normal d'entendre des bruissements en forêt! Maintenant, je ferai attention; je ne voudrais pas me faire assommer de nouveau!»

J'avais un peu peur en repensant à cette conversation mais je me répétais que le guide, comme Hans, avait été blessé, très loin du lac. On ne risquait rien près des habitations. On était cependant soulagées quand on est arrivées chez Bart. Solange et lui discutaient avec Nathalie qui était revenue plus tôt de son escalade. Et à toute vitesse! Car elle avait vu, au pied du versant nord de la montagne, des traces immenses.

— Elles ne correspondent à aucune piste d'animal connu! a affirmé Nathalie. Je connais bien la faune…

— Ce seraient donc celles des Grands Pieds? ai-je hasardé.

— Ça me paraît incroyable, a dit Solange. Quelqu'un s'amuse à vous mystifier. Cette personne sait que vous vous intéressez aux Grands Pieds: elle fabrique de fausses pistes et le tour est joué!

— Solange, je ne suis plus un bébé, a protesté Nathalie. Je te répète que j'ai vu de mes propres yeux des traces gigantesques. Et les buissons étaient foulés aux alentours.

— Il y avait plusieurs pistes?

— Hélas, non! trois seulement étaient bien nettes, les feuilles mortes empêchaient toute autre découverte.

— Je voudrais bien aller voir ces empreintes, ai-je dit.

— Je t'emmène quand tu veux, m'a dit Nathalie mais Solange s'est opposée.

— Je préférerais qu'on en parle avec

Jean-Marc avant. N'oubliez pas que Hans a été attaqué et que Vincent est toujours inconscient. Il n'est plus question de s'aventurer en forêt sans précaution.

— Mais ce n'est pas très loin, Solange, a affirmé Nathalie. Je voudrais que tu voies ces pistes, toi aussi, tu me croirais!

— Attendons le retour de Jean-Marc ou du père de Cat... Il doit venir vous retrouver ici, non?

— Si, avec Hans. Mais je ne sais pas quand...

On a attendu tous ces messieurs jusqu'à sept heures et demie! Le soleil disparaissait lentement en fondant sur le lac comme une glace à la framboise et aux fruits de la passion. J'adore les couchers de soleil mais ce soir-là, ça m'embêtait car je devinais que ni papa, ni Jean-Marc, ni Hans ne voudraient s'enfoncer à la nuit tombante. J'avais raison. Ils ont dit qu'ils iraient voir les fameuses pistes le lendemain.

Mais le lendemain, il n'y avait plus rien à voir: à quatre heures du matin, il pleuvait à boire debout, effaçant toute trace de pas! Il a plu toute la journée

51

mais après une seconde nuit d'averses, de tonnerre et d'éclairs, le soleil s'est remis à briller.

Le sable de la grève a séché très vite. L'air sentait bon, un peu sucré comme s'il flottait une odeur de fraise. Autour du chalet, il y avait des faux mousserons à profusion: sautés au beurre avec une pointe d'ail, c'est superdélicieux! Ça m'a consolée un peu des pistes effacées.

Jean-Marc est venu manger avec nous; il avait apporté des grosses crevettes qu'on a fait griller avec des fines herbes.

— Alors? tu as des nouvelles du guide? a demandé papa.

— Oui: il a repris connaissance ce matin mais il a dit aux policiers qu'il n'a pas vu son agresseur. Ni entendu. Quant à sa blessure derrière la tête, le médecin ne peut pas nous dire avec quel objet on l'a faite. On ne sait rien de plus... C'est décourageant.

— Et si c'était un Grand Pied? ai-je murmuré.

— On n'en a jamais vu dans la région, a dit Jean-Marc, mais peut-être qu'il y en a maintenant. Si Nathalie ne s'est pas trompée, bien sûr...

— Peut-être que les Grands Pieds ont décidé de quitter les États-Unis, a ajouté Stéphanie.

Jean-Marc a haussé les épaules: «Comment le savoir?»

Papa regardait son ami avec étonnement, même après la découverte de Nathalie, il ne pensait pas que Jean-Marc croyait aux Grands Pieds. Il a fait une moue avant de nous dire qu'il ne pensait pas qu'on puisse rencontrer ces monstres au Québec.

— Mais qui a assommé le guide alors?

— Tu sautes trop vite aux conclusions, Cat; rien ne te permet d'affirmer qu'il s'agit de tes fameux singes!

— Ce n'est pas un rôdeur, papa: pourquoi aurait-il attaqué le guide et Hans sans raison? On ne leur a jamais rien volé!

— Le Grand Pied voulait peut-être les manger, a noté Stéphanie qui avait de moins en moins envie d'en rencontrer un.

— Non! Les Grands Pieds sont végétariens, ai-je dit pour la rassurer. Comme les gorilles. Le Grand Pied a attaqué parce qu'il avait peur d'eux.

— Grand Pied ou pas, je ne veux plus que vous alliez en montagne. À l'avenir, j'irai vous conduire chez Bart.

Nous étions justement invitées à aller nous baigner; même si le chlore me pique les yeux, l'eau de la piscine est plus chaude que celle du lac.

— Je suis heureuse que vous soyez ici cet été, a dit Solange alors que Bart venait vers nous en se dirigeant avec sa canne. Bart pense moins à son accident... Vous comprenez, il s'ennuie à devoir toujours se reposer...

— Oui! C'est vraiment trop bête d'être malade durant les vacances!

C'est bien uniquement durant l'année scolaire; quand je me suis foulé la jambe en ski, j'ai manqué deux jours, puis je suis allée à l'école en béquilles. Tout le monde s'occupait de moi, c'était agréable! Mais en juillet, ça ne m'aurait pas amusée.

On s'est baignés pendant une heure. Et on a bavardé au bord de la piscine en buvant un coke. Mon père dit que le coca-cola est mauvais pour la santé mais j'adore ça; j'en profite quand il est absent. Bart a juré de ne rien dire.

Évidemment, on a parlé des Grands Pieds et de la découverte récente de Nathalie. On aurait bien voulu trouver d'autres pistes mais il aurait fallu pénétrer dans la forêt... Comment faire pour découvrir les singes géants sans y aller?

— J'ai une idée! a dit Bart en claquant des doigts. On va se rendre à la tour et vous regarderez la montagne au télescope. Vous verrez peut-être les Grands Pieds s'ils vivent en montagne. À une certaine altitude, il n'y a presque plus d'arbres: on voit même très bien les nids d'aigles près des rochers.

Nous sommes allés à la limite du terrain et de la forêt, où se dresse la tour. On ne l'avait pas remarquée avant car elle est camouflée par des pins immenses. Le premier propriétaire de la villa l'avait fait construire car il aimait observer les astres. Comme moi!

— J'ai hâte de voir de nouveau, a soupiré Bart. J'adore les étoiles. Et les aurores boréales. C'est super! on dirait un énorme serpent de lumière qui se tortille dans le ciel en vert, jaune, rouge, bleu. Il y en avait souvent en Alaska.

— Tu as déjà été en Alaska!

Quelle chance! Bart avait vu des phoques et des pingouins. Et son télescope était plus gros que celui que papa m'avait acheté pour mon anniversaire. J'ai regardé dans la lorgnette la première, puis Stéphanie, puis moi; j'ai vu bouger quelque chose!

— Moi aussi! a dit Stéphanie en regardant à son tour.

— Dites-moi ce que vous voyez, a demandé Bart.

— C'est… c'est un homme. Mais on le voit de dos. Il grimpe avec des tas d'appareils en bandoulière.

— Pousse-toi, Stéphanie, c'est à moi de regarder maintenant, ai-je dit. Mais… c'est Hans! Hans Morf! Qu'est-ce qu'il fait là?

— Des photos, idiote, a dit Stéphanie avant de me bousculer pour le voir, elle aussi.

— Idiote, toi-même! Peux-tu me dire quels champignons il trouvera sur ces rochers? Les champignons ont besoin d'humidité pour pousser! Ces rochers sont secs, secs, secs… Il n'y a presque pas de végétation.

J'ai dit ça avec assurance, mais au

fond, je ne savais pas si j'avais raison. Stéphanie m'énervait; elle ne connaît rien aux champignons, pourtant il faut toujours qu'elle fasse comme si elle savait tout, pour épater les garçons!

Pendant qu'on se chicanait, Hans Morf disparaissait dans la montagne; il n'était plus dans notre champ de vision quand on a regardé de nouveau avec le télescope. Il s'était volatilisé en quelques secondes!

— C'est impossible! Il était là, entre deux gros rocs!

— Il doit être entré dans une caverne que vous ne pouvez pas voir, a dit Bart. Mais que fait-il en montagne? Il a grimpé assez haut, si vous parlez de rocs. Hans a toujours dit qu'il avait le vertige…

— Le vertige?

— Oui, je l'ai entendu en parler à ma cousine Nathalie qui lui demandait de l'accompagner en expédition.

— Mais elle l'a connu en faisant de l'alpinisme, non?

— Elle n'était plus en montagne, mais au pied: Hans n'avait rien escaladé. D'ailleurs, il n'avait ni pic, ni corde, ni chaussures à crampons, ni pitons...

— Étrange... On va le surveiller encore!

On l'a guetté pendant trente minutes, sans succès.

C'est comme s'il avait été englouti par la montagne! Cependant, j'ai aperçu des aigles ou des faucons qui venaient survoler les rochers: peut-être voulaient-ils chasser Hans Morf?

# Chapitre IV

Papa était ravi d'apprendre que j'avais vu des rapaces; il m'en avait souvent parlé mais c'était la première fois que j'en observais. Ils étaient magnifiques avec leurs ailes immenses bordées de blanc, pourtant leur bec recourbé avait l'air inquiétant: très coupant, il devait déchirer une proie facilement. Les faucons ont sûrement un bec aussi acéré que celui des aigles et leur plumage est doré. Je les ai trouvés très beaux même si ça m'attriste de penser qu'ils tuent des petits lièvres. Papa m'a fait remarquer que j'adorais en manger, alors pourquoi pas eux? Ce n'est pas pareil! J'ai changé de sujet en parlant de Hans à papa.

— C'est bizarre qu'il ait le vertige et qu'il monte si haut! Il nous a menti!

— Oui, a dit Stéphanie, je suis certaine qu'il a eu la même idée que nous: faire un reportage sur les Grands Pieds…

Mais il veut un scoop. Alors il n'en parle à personne et il fait semblant d'être ici pour photographier des champignons.

— Oui, tu as raison, Stephy! On n'a jamais vu aucune photo de ses chanterelles!

Papa a fait la moue: «Vous avez beaucoup trop d'imagination; Hans s'intéressait vraiment aux champignons que je lui montrais!»

Je n'ai pas insisté; quand on lui parle de *ses* champignons, papa ne comprend rien. Il ne pouvait pas croire que ça ne passionnait pas réellement Hans Morf. On lui prouverait!

Comme convenu avec Bart en redescendant de la tour d'observation, nous sommes allées le chercher avec papa à la fin de l'après-midi, en traversant le lac en chaloupe. L'eau du lac était très claire mais toujours glaciale!

Solange et Jean-Marc semblaient contents de passer une soirée seuls, en amoureux. Pour la première sortie de Bart depuis son arrivée à la villa des Hirondelles, Solange paraissait aussi excitée que lui; elle faisait des tas de recommandations à papa.

— Mais tout va bien se passer, Solange, ne t'inquiète pas!

Dès qu'on s'est un peu éloignés de la rive, papa a suggéré à Bart de pêcher. Bart a eu l'air surpris, cependant il a accepté. Papa lui a mis une canne à pêche entre les mains. Bart a lancé la ligne; on a entendu un sifflement de corde de nylon, puis le floc de l'hameçon dans l'eau.

— Je n'ai rien accroché? a demandé Bart.

— Non, c'est parfait, mon garçon, a dit papa, ravi. Il y avait enfin quelqu'un qui partageait son intérêt pour la pêche. Comme je voulais ramer, il me l'a interdit: «Mais attention, Cat! Tu vas faire fuir le poisson! Ne parle pas si fort!»

Après trente minutes d'attente, Stephy et moi, on en avait marre! Mais papa et Bart ne semblaient pas s'apercevoir du temps qui s'écoulait...

— J'ai faim, a chuchoté Stéphanie.

— Moi aussi, ai-je dit. Il reste du poulet et des crevettes, au chalet.

— Non, on va manger des truites! a dit papa. Chut! Vous n'entendez rien? Il y a eu un léger clapotis... Bart! Ta ligne! Ta ligne!

— Oui, je la sens! Ça mord! Ça mord! C'est une grosse, j'en suis sûr!

— Donne-lui de la ligne, oui, comme ça... Et tire un peu, il faut l'épuiser. Un petit coup sec, pour bien la ferrer... voilà, c'est parfait!

— Elle résiste! La ligne va casser!

— Non, tu vas l'avoir, a promis papa.

On a vu la truite sauter hors de l'eau,

se tortiller au bout de la ligne mais elle était bien accrochée et n'a pas réussi à fuir. Ça m'écoeurait un peu; j'aime bien manger les truites mais je n'aime pas les voir saigner avec leurs têtes gluantes et leurs yeux vitreux.

C'est toujours papa qui coupe les têtes des poissons et les vide. Je préfère râper un sac de carottes! En tout cas, ça ne répugnait pas Bart; il a pris sa truite à pleines mains quand papa l'a décrochée. Il répétait sans cesse qu'il était supercontent.

— Tu es un sacré pêcheur, a dit papa. Je suis jaloux!

Bart a rougi de fierté; je ne regrettais pas qu'on ait attendu si longtemps. C'était une pêche miraculeuse car papa a attrapé une truite cinq secondes plus tard, Bart une deuxième et enfin une troisième. Il était fou de joie! Nous sommes finalement arrivés au chalet et papa a vidé, lavé et grillé les truites.

— C'est le meilleur repas de toute ma vie! a dit Bart. J'espère qu'on retournera pêcher.

— Promis! a juré papa, avant d'aller reconduire Bart à la villa, en automobile.

Pendant ce temps, Stéphanie et moi, on a fait la vaisselle. Je déteste ça! J'ai suggéré à papa d'acheter de la vaisselle en carton, jetable. Il n'a pas voulu.

On finissait de ranger les assiettes quand on a entendu un craquement à l'extérieur. Je me suis précipitée à la porte d'entrée pour la verrouiller. Puis on a entendu un bruit de ferraille. Même si on avait peur, on a regardé par la fenêtre. Une ombre a bougé!

— Hep? Y'a quelqu'un?

J'ai tout de suite reconnu l'accent de Hans! Nous lui avons ouvert.

— C'est stupide de nous faire peur! On croyait que c'était un Grand Pied ou le rôdeur!

— Un Grand Pied?

Hans Morf faisait semblant d'être étonné qu'on parle des monstres; mais nous, on savait maintenant pourquoi il traînait dans la région!

— Hans, ai-je dit, arrête de nous jouer la comédie! Tu sais mieux que nous que Nathalie a vu des pistes étranges. Avoue que tu es ici pour les Grands Pieds?

Hans a essayé de nier! «Mais non... Je travaille pour un peintre, je vous l'ai déjà

dit. Je cherche des champignons.»

— Et tu en as trouvé beaucoup dans les rochers? a demandé Stéphanie.

— Les rochers? Quels rochers?

— Dans la montagne Noire: on t'a vu grimper aujourd'hui.

— Vous vous trompez!

— Non, on voit très bien avec le télescope de Bart...

Hans s'est passé lentement la main dans les cheveux; nos conclusions le tracassaient! Après un long silence, il s'est décidé à tout avouer.

— Vous avez gagné… J'étais bien dans la montagne cet après-midi. Et je ne suis pas ici pour photographier des champignons. J'ai inventé ça pour travailler en paix.

Pour avoir le scoop!

— Oui, vous avez deviné. Je veux être le premier à découvrir les Grands Pieds. J'ai voyagé partout pour les trouver.

— Tu es allé aux États-Unis?

— Oui, mais je n'en ai pas vu. On m'a dit que les Grands Pieds cherchaient plutôt les régions froides.

— Ah bon? me suis-je étonnée. Ce n'est pas ce que j'ai lu sur eux.

— Lu! Lu! Et alors? a dit Hans, subitement impatient. Si tu crois tout ce que tu lis!

— Non, mais…

— Il n'y a pas de mais: je connais les Grands Pieds mieux que vous!

Pourquoi Hans était-il si nerveux? Il avait la même façon de gesticuler que notre prof de maths quand nous l'exaspérons le vendredi, au dernier cours. Mais notre prof n'a jamais l'air inquiet, seulement excité. Les yeux de Hans brillaient d'une lueur étrange comme si les pupilles se dilataient. Il était vraiment furieux de notre découverte.

— Hans, ne t'inquiète pas, ai-je dit pour le calmer. On ne révélera à personne que tu veux un scoop sur les Grands Pieds. Si tu nous jures qu'on sera les premières à voir les photos. Nous aussi, on les cherche, les Grands Pieds!

Hans s'est radouci: «C'est trop dangereux pour des gamines, cette chasse aux monstres! Mais dès que je les trouverai, je vous avertirai! Vous êtes gentilles de comprendre la situation: il faut de la discrétion…»

— Comment as-tu réussi à maîtriser tes vertiges, a demandé Stéphanie. Moi aussi, j'ai peur du vide et je voudrais sa…

— Qu'est-ce que cette histoire de vertige? l'a interrompue Hans. Je n'ai peur de rien…

Ben flûte! Hans Morf jouait les valeureux héros! Ça m'a agacée et je lui ai dit que Bart nous avait raconté qu'il avait des vertiges.

— Il a dû mal entendre et il a répété

n'importe quoi!

— Eh! Bart n'est pas un menteur!

— Ce n'est pas ce que je voulais dire, je le trouve très chouette, Bart. Je suis très copain avec lui, a menti Hans.

Bizarre, cette déclaration d'amitié… Hans insistait: «On s'amuse bien ensemble mais il ne m'a jamais montré son télescope. Où est-il?»

— Dans la tour, a répondu Stephy. On a très bien vu les rochers où tu as grimpé. Les Grands Pieds vont si haut? Il y a pourtant peu de plantes; que peuvent-ils manger?

— Manger?… Je… Ah! Arrêtez avec toutes vos questions! Je n'en sais rien pour le moment; si je veux découvrir les Grands Pieds, c'est pour les connaître, a presque crié Hans.

Décidément, il était nerveux! Papa est arrivé à ce moment: j'ai sursauté quand il a poussé la porte; on avait tant parlé des Grands Pieds que j'ai cru qu'il y en avait un qui entrait chez nous!

— Ouf! Papa, c'est toi!

— Qui veux-tu que ce soit? Tiens, vous êtes ici, Hans? De quoi parliez-vous? La discussion semblait bien animée.

— J'allais partir, a dit Hans aussitôt, en se levant.

— Oui, je comprends, Nathalie vous attend... a répondu papa en faisant un clin d'oeil avant de le conduire à l'extérieur.

# Chapitre V

À son retour, papa a soupiré longue-
ment en apprenant que nous avions parlé
des Grands Pieds avec Hans. On ne lui a
pas dit toutefois que Hans aussi les
recherchait car on avait promis de se
taire. Je ne sais pas si je pourrais être
espionne. C'est difficile de garder un
secret. J'y arrive quand même: je n'ai
jamais parlé des amours de Stephy pour
monsieur Pépin. Suzanne Morneau aurait
ri d'elle à l'école.

— J'ai promis à Solange qu'on irait la
reconduire à l'aéroport demain, a dit
papa. Jean-Marc ne peut pas l'accompagner car il préside une réunion de comité
de citoyens.

— À l'aéroport?

— Oui, Solange va à Montréal témoi-
gner dans le procès d'une usine de pro-
duits chimiques. C'est Solange qui est le
porte-parole des pêcheurs.

— Des pêcheurs?

— Oui, a expliqué papa, les pêcheurs sont sans travail; les poissons sont tous morts par la pollution. Ça prendra du temps avant que les rivières soient réalimentées. La plupart des oiseaux marins ont péri aussi. Solange s'y connaît bien en ornithologie. Elle se bat pour qu'on modifie la loi en ce qui concerne la protection des oiseaux. Les amendes sont trop légères pour les industriels ou les braconniers! Il faudrait faire signer des pétitions, ameuter la presse…

— Chouette! ai-je dit. On pourra faire signer nos profs!

— Et nos amis! a ajouté Stéphanie.

— Non… Vous n'êtes pas majeures, mes belles!

— Mais on aime les oiseaux, papa! C'est stupide, la loi!

— Parfois, a reconnu mon père.

J'ai mis longtemps à m'endormir car j'entendais un hibou hululer; peut-être qu'il avait peur d'être exterminé par des chasseurs. Papa, Jean-Marc et Solange avaient raison: il fallait défendre ces pauvres oiseaux!

L'avion de Solange décollait à dix

heures et demie. On s'est habillés si vite que j'ai mis mon tee-shirt à l'envers.

Solange et Bart nous attendaient sur le perron de la villa. Champlain nous a salués d'un affreux croassement et Max a remué la queue car il nous reconnaissait. Il a tiré sur mon chandail rouge pour jouer.

— Suffit Max, a dit Solange.

— Oh! Il peut s'amuser, c'est un vieux chandail. J'aimerais bien avoir un berger allemand, moi aussi.

Papa m'a répété que Mistigri suffisait amplement. Il ne veut même pas entendre parler d'un aquarium. Papa a pris le sac de voyage de Solange et l'a mis dans le coffre de l'auto pendant qu'elle embrassait Barthélemy.

— Tu ne viens pas avec nous à l'aéroport? a dit Stéphanie.

— Non, je n'aime pas les aéroports.

— Alors, on te retrouve tout à l'heure; il fait chaud aujourd'hui, on va se baigner!

— Tut! Tut! Tut! a fait papa. Vous ne vous baignerez que si Nathalie est là. D'ailleurs, où est-elle?

— Elle dort encore. Elle est rentrée

très tard hier soir. Je suppose qu'elle s'est bien amusée avec Hans, a dit Solange. Mais elle surveillera les enfants à la piscine. Tu rejoins Jean-Marc après sa réunion? Il m'a dit qu'il t'attendrait.

— Oui, oui, a dit papa. Je ramène Catherine et Stéphanie ici, puis je file au village. On doit aller chercher une bibliothèque. Je vous reprendrai en fin d'après-midi, Cat. Si Nathalie et Hans veulent venir souper à la maison avec nous ce soir, ils sont les bienvenus. Mais pour l'instant, dépêchons-nous, sinon Solange va rater l'avion!

— C'est vraiment gentil de venir me conduire, a dit Solange à papa en souriant. Elle a une bouche en coeur, très rose, comme une star. Mes lèvres à moi sont minces et je voudrais mettre du crayon rouge mais papa prétend que je suis encore trop jeune. Je suis toujours trop jeune pour tout!

Solange n'a eu que le temps de s'enregistrer; on n'a même pas bu un café avec elle au restaurant de l'aéroport. Dommage, j'adore traîner dans les aéroports, voir les avions décoller, les entendre. J'adore aussi le va-et-vient des passagers. Si je ne suis pas astronaute, je serai pilote d'avion. Je ne pourrais pas être hôtesse de l'air car je ne suis pas assez patiente avec les gens. Papa m'appelle parfois «son petit hérisson»...

Après avoir quitté l'aéroport, papa m'a acheté des sandales car celles de l'année dernière sont usées; j'ai cassé deux lanières. J'ai choisi une paire de bleues: une tige passe entre le gros orteil et les quatre autres mais on ne la voit pas car il y a la tête d'un serpent par-dessus. On dirait que son corps en cuir s'enroule autour de mes chevilles; c'est très joli! Parce que c'est un faux! Je n'aime pas tellement les reptiles, sauf les couleuvres qui ne sont pas venimeuses. L'été dernier, j'en ai attrapé une rose et beige. Mais je l'ai relâchée car Mistigri l'aurait mangée si je l'avais rapportée à Montréal.

Papa nous a laissées au croisement de la route de terre qui mène chez Bart, puis il a fait demi-tour en nous disant qu'il viendrait nous chercher à cinq heures. J'ai enlevé mes sandales neuves car je ne voulais pas les abîmer dans le sable et j'ai mis mes vieilles espadrilles pour me rendre à la villa.

On a sonné à la porte.

Et personne n'a ouvert…

On a resonné: toujours rien. Bart et Nathalie devaient être derrière la villa. On a fait le tour de la maison mais il n'y avait personne dans la cour non plus. Nous sommes entrées par la porte de la cuisine. Personne: ni dans le salon, ni dans les chambres, ni dans la salle de bains, ni dans la cave. Où était Bart? Et Nathalie?

— C'est bizarre, a dit Stéphanie d'une petite voix.

J'avoue que je n'étais pas très rassurée… On a refait le tour de la villa. Elle était vraiment déserte.

— Ce n'est pas normal, Cat! Il faut avertir ton père!

— Ça ne sert à rien pour l'instant: il est parti au village voisin avec Jean-Marc pour aller chercher la bibliothèque; ils ne seront pas de retour avant deux heures.

— Max aussi est absent; peut-être qu'ils sont tous allés se promener en forêt?

— Pourquoi? Bart ne voit pas, et puis

il savait que nous devions revenir! Où est-il?

Nous allions rentrer dans la villa quand Stephy s'est écriée: «Regarde, Cat! Un message!»

À côté du perron, Bart avait écrit dans le sable avec sa canne: *S.O.S. BART.*

Et il avait laissé traîner sa canne sur le sol pour nous indiquer dans quelle direction il était parti. D'autres traces de pas rejoignaient bientôt les siennes. Elles s'enfonçaient dans la forêt...

— Il faut appeler la police! a déclaré Stephy. Elle est entrée et aussitôt je l'ai entendue crier.

— Cat! Cat! Le téléphone est brisé!

On a suivi le fil: il avait été arraché comme la fois où le Caméléon était venu chez nous*! Mon coeur s'est mis à battre si fort que j'avais l'impression qu'il allait éclater. Stéphanie était blanche comme un drap; pourtant elle avait été au soleil tout l'été!

— Viens! On va arrêter une auto. Il faut avoir de l'aide et trouver Bart très vite.

On courait vers la route quand des aboiements ont retenti.

— Max! Mon beau Max! Dis-nous où est Bart!

Max jappait avec fureur mais il s'est arrêté dès qu'on a dit Bart. Un mouchoir était accroché à son collier.

---

\* Voir *Le caméléon*, chez le même éditeur.

— Je le reconnais, c'est à Bart, il s'essuie souvent les yeux avec.

— Qu'est-ce qu'on fait?

— Il faut qu'un automobiliste aille prévenir la police et papa. Nous, on repart avec Max; il va nous mener à Bart!

— Mais comment ton père ou les policiers vont-ils nous retrouver? Et il y a les traces de trois personnes: Bart, Nathalie et qui? C'est sûrement le rôdeur! S'il nous capture aussi?

— On va faire attention et on a Max avec nous: il peut attaquer!

— Et il reviendra ensuite chercher ton père? Tu rêves!

— Non, Stephy, j'ai une idée…

On a écrit une lettre pour expliquer aux policiers ce qui se passait: on allait la donner à la première voiture qui s'arrêterait. Puis j'ai découpé mon vieux chandail en lanières. Ça ne me dérangeait pas parce qu'il était un peu déteint. On a mis tous les petits bouts rouges dans un sac et on a couru jusqu'au chemin pour attendre une automobile.

On commençait à s'impatienter quand un monsieur s'est arrêté. On lui a remis le message; il n'avait pas l'air de nous croire; il pensait qu'on faisait une course au trésor! Comme si on avait l'air de s'amuser! Il a enfin compris quand on lui a dit qu'on avait un ami perdu en forêt, et qu'il était en danger! Il nous a promis de faire vite. Il nous a fait jurer d'attendre sagement l'arrivée des policiers et de ne pas aller nous perdre dans la forêt. On a dit oui, oui, monsieur, mais on n'a pas attendu! Car on ne pouvait pas s'égarer: technique Petit-Poucet!

À chaque vingt pas, on attachait une lanière rouge autour d'un arbre: comme ça, on pourrait revenir sans problème. Si papa arrivait vite, il suivrait facilement notre trace: j'avais attaché un bout de chandail au message en lui expliquant notre méthode. Il fallait freiner Max qui nous entraînait; il humait le sol, l'air, le mouchoir de Bart et il repartait en fouinant dans les feuilles et en agitant la queue.

On l'a suivi pendant trente minutes puis il s'est mis à gronder sourdement; juste assez fort pour nous faire comprendre que Bart était tout près mais qu'on devait être prudentes… On a reconnu la bicoque du vieux Jack, le fameux

trappeur! Il était mort et on n'avait pas détruit sa cabane. Qu'y faisait Bart?

— On attend ton père? a demandé Stephy, inquiète.

— Oui, mais je voudrais faire comprendre à Bart qu'on a eu son message, pour le rassurer.

— Si on attachait une lanière rouge au collier de Max? Il irait trouver Bart qui devinerait qui l'a liée au collier.

— Et le rôdeur? S'il le découvre?

— Tu as une autre idée?

— Non… O.K. Ne bouge pas, Max, on te donne un message.

J'ai noué un minuscule bout de chandail au collier et Max s'est élancé vers la vieille bicoque. Il s'est mis à aboyer; la porte s'est ouverte et Hans est sorti!!!

Hans! Avec un fusil qu'il pointait sur Max. Il a fait feu mais il n'a pas touché le chien qui s'est rué sur lui. Bart a crié. Nous aussi. J'ai pris un gros bâton, comme Stephy, et on est venues aider Max qui avait roulé par terre avec Hans. Ils se battaient férocement mais on n'osait pas donner de coup sur la tête de Hans de peur d'accrocher Max. Je n'avais jamais entendu un chien gronder aussi fort. Hans a fini par lâcher son arme et Stéphanie l'a ramassée.

— J'ai son pistolet! a-t-elle criée.

— Arrêtez ce chien, a dit Hans. Arrêtez-le!

Max essayait de le mordre à la gorge et lui avait griffé les bras jusqu'au sang.

86

Bart a ordonné: «Couché, Max. Couché.» Et Max a abandonné Hans aussitôt. Mais il continuait à grogner sans le quitter des yeux, prêt à le mordre.

On est entrées dans le chalet; Bart avançait vers nous avec précaution car Hans lui avait lié les mains. Il ne pouvait tâter les murs pour se diriger. On l'a détaché en vitesse pendant qu'il nous expliquait que sa cousine était derrière le chalet, inconsciente.

— Quoi? Nathalie?

— Vite, allez voir!

— Et Hans?

Max va le dévorer s'il fait le plus petit geste pour s'enfuir!

— Mais pourquoi Max ne l'a-t-il pas attaqué avant?

— Allez chercher Nathalie, je vais tout vous expliquer, a dit Bart, mais on a mal compris la fin de sa phrase car un bruit de moteur très puissant a tout couvert. Un hélicoptère! J'ai tiré en l'air tout ce qui me restait de lanières rouges pour signaler notre présence. L'hélicoptère s'est posé quelques minutes plus tard et papa en est descendu pour courir vers nous. Jean-Marc l'accompagnait avec un policier qui a passé les menottes à Hans. Jean-Marc a réussi à ranimer Nathalie pendant que Bart nous apprenait que Hans Morf se livrait au trafic d'oeufs de faucon.

— Des oeufs? s'est étonnée Stéphanie. Pourquoi?

— Ça vaut très cher, a dit papa. Il y a des gens qui paieraient 100 000 dollars pour des oeufs de faucon! En Arabie, les rapaces symbolisent la force, la puissance. Les riches veulent en posséder et paient des bandits pour s'emparer des oeufs... Je commence à comprendre pourquoi on voyait moins de faucons dans la région...

— Bart, pourquoi Max n'a pas attaqué Hans avant?

— Parce que Hans l'aurait abattu; j'ai ordonné à Max de rester tranquille mais il s'est échappé. Vous veniez de partir, ce matin, quand Hans est arrivé à la maison. Il voulait que Nathalie l'accompagne à la montagne. Comme elle refusait de sortir avec lui, disant qu'elle ne voulait pas me laisser seul, il a changé de ton.

— Tu vas faire ce que je te dis, Nat, a crié Hans méchamment, si tu ne veux pas de problèmes!

— Mais Hans, qu'est-ce qui t'arrive, a dit Nat… Je ne peux pas laisser Bart!

— Il va venir avec nous! Il en sait déjà trop! Ses petites copines aussi. Mais avant qu'elles me retrouvent, je serai déjà loin. Et je vous avertis: si le chien fait une bêtise, je n'hésiterai pas à l'abattre!

— Espèce de monstre!

— Monstre ou pas, vous allez me suivre! On va laisser notre petit aveugle au chalet du vieux Jack puis on ira chercher les oeufs de faucon… C'est maintenant le moment de me montrer tes talents d'alpiniste, ma chère, a dit Hans à Nathalie.

— C'est pour ça que tu…

— Que je sortais avec toi? Oui, tu as bien deviné. Tu ne m'as pas découvert assommé par hasard. J'ai simulé une agression pour faire ta connaissance. Au début, je voulais faire croire à un rôdeur, mais quand les gamins se sont mis à parler des Grands Pieds, j'ai pensé que c'était une bonne idée de fabriquer des fausses pistes pour orienter les recherches dans d'autres directions. Ces enfants sont de vilains fouineurs…

— Des fausses pistes?

— Oui, a dit Hans en se moquant. Vous y avez cru, comme des imbéciles...

— Et le guide? C'est toi qui l'as battu?

— Oui, il allait entrer dans la cabane du vieux Jack où je range les boîtes spéciales pour le transport des oeufs... S'il devinait ce qui se passait, j'étais cuit! Et maintenant, on se dépêche! Tu sauras bien, ma chère Nat, grimper aux arbres pour atteindre les nids et me dénicher les oeufs. N'es-tu pas championne?

— Nous avons dû lui obéir, de continuer Bart. Mais Nathalie a gagné du temps en allant mettre ses bottes de montagne et prendre son pic. Pendant que Hans arrachait les fils du téléphone, je suis sorti. Il ne se méfiait pas de moi: où pouvais-je aller sans rien voir? J'ai écrit le message dans le sable juste avant qu'il ressorte de la maison avec Nathalie. On a marché jusqu'au chalet de Jack. Hans m'a attaché et il a forcé Nathalie à le suivre pour s'emparer des oeufs. Quand ils sont revenus, Nathalie a essayé de s'échapper, il l'a assommée. Pendant qu'il rangeait ses précieux oeufs dans les caisses pour le transport, Max a filé sans qu'il ait le temps de lui tirer dessus! Et vous êtes enfin arrivées!

— Grâce à Max!

— Il est fantastique, mon chien! Et vous aussi!

— Toi aussi, Bart, a dit papa. Tu es très courageux!

— Dis, Jean-Marc, a demandé Nathalie, tu n'as jamais cru réellement aux pistes des Grands Pieds?

— Oui et non; je pensais que c'était un rôdeur qui voulait détourner les soupçons par ces fausses empreintes, je n'aurais pas pu imaginer que ça pouvait être Hans… Vous avez été fantastiques, les enfants! Vous n'avez pas découvert les Grands Pieds, mais révéler ce trafic, c'est encore mieux! Et ce sera vous les vedettes des journaux, pas ces fameux singes!

— Les journaux?… Ah oui? Tu crois qu'on va nous interviewer? a demandé Stéphanie qui se remettait à rêver à son Olivier-journaliste…

— Et les oeufs? a dit Bart. On les rend aux parents faucons?

— Non, ils sont imprégnés d'odeur

humaine maintenant. Les parents pourraient les rejeter. Nous allons les porter dans un collège spécial qui détient un permis de garde de rapaces. Là, quand les oiseaux sont assez âgés pour se débrouiller, on les lâche dans la nature pour assurer la survie de l'espèce. En attendant, vous ne commencez pas à avoir faim? Les émotions m'ont creusé l'appétit!

— Et si on allait pêcher? a dit Bart. On pourrait manger des truites!

Ah non! Pitié!